KON SASAKI | HEIMEN TO RITTAI

平面と立体

佐々木紺

平面と立体　目次

装丁　紙屋
本文組版　文學の森編集部

句集　平面と立体

I

おぼえて、わすれる

忘れゆくはやさで淡雪が乾く

書き出しのほどけるやうに花ミモザ

水の春ドアノブはドアつらぬいて

火のなかの一本の針月日貝

春雨をほのかに梳きて天の櫛

カットカラット石切る石に梅映る

夜の湖の引力に梅溢れをり

春風に余韻のながき言語かな

晩年や記憶を田螺吐きこぼす

木苺に口のぶつかる鳥と鳥

すずらんや皿少なくて仮住まひ

薫風のなか血の沸いて老女たち

青楓ちりりとうつくしい頭痛

敗けつづけでゆく花いばら摘んでゆく
フルートを溢れて夏霧となりぬ

宙をしばらく水からくりのみづの玉

ひとの部屋借りて百年西日吸ふ

貝いづれ波に砂なる蟬丸忌

寒天の平面を蜜すべりきる

風死して鋭きものを選りぬく手

琥珀糖喩として鳥のはなしなど

別々に生き別々の日焼かな

秋立つやティースプーンのりりと鳴り

なめらかに月を象る手のかたち

菊の夜アパートに絵のよく育つ

稲妻に愛されてをる異性装

墨汁は水に煙や鏡花の忌

清秋や0の連なる時刻表

露けしや肺ほころびて彫金師

男らの抱擁淡し霧の街

うつとりと霧の溜まつてゆく客間

摩天楼その半身の霧籠めの
師をすこしあやめて持つてゆく芒

唇の皮ぴりと剝き鰤起

初氷浮かびて脳の揺れ小さき

降参の背後狐火だらけなり

絶体絶命霜夜のリンツチョコレート

餅花や曲線のふれ合へば点

水鳥の空に吸はるるとき砂鉄

寒晴や生活力のない男

寒牡丹ひらいて歯車を落とす

雲雀ひだまり永遠にフリーター

春愁や箱に無数の映画満ち

真夜中やふらここのある喫茶店
三色菫まばたきにまはりだす

落ちながら謀反のにほふ白椿

菜の花や筆跡うすき男の子

フラミンゴねぢれるやうに寝て日永

野遊びに首塚の首呼びにけり

たましひのいづれ菫の砂糖漬け

花冷やフルーツサンドやすませて

春蝉を解いて織きピンセット
声帯のだんだんかわく白躑躅

卯の花腐し黒目黒髪流るる夜
金魚玉落ちさう頸椎に触れる

すずらんの中に隠れる旧字体

どこかには鰐ゐる池や夕立来る

蛇衣を脱ぐや謝罪のむつかしく

三伏の圧せば朱を吐く朱肉かな

蛍吸つて肺の一晩のみ明るし

静脈に薄羽蜉蝣沿ひにけり

僧の頭のきつとさらさら夕端居

蚊帳の果人形のこゑで話して

恋しさはかるかやの野に溜まる靄
夢に詩の降りては忘る白露かな

月天心浮世絵に影なかりけり

晩白柚撫ですり替へてみたき首

おくゆきや薄雲は日をいたはりて
老女髪を空へほどいて雪迎へ

II　平面と立体

平面の淋しさに摘む蓬かな

紙切つて紙よりもどる蝶ひとつ

網膜をミモザが雲が流れ去る

春雨や円をかさねて描ける薔薇

糸通しに銀の横顔髪洗ふ

街欠けてゆき紫陽花に置き換はる

対角線上に君ゐる冷奴

かやつり草ふえゆく交叉いとこ婚

晴れきつて無敵松葉が陽にひらく

青葉濃く硝子戸に浮く雪の紋

睡蓮のひろびろと沸き読む快楽
夕端居して肉体の淡さかな

業平忌絵の雲へ渦ゆきわたり

かざしゐて指輪の石をとほる船

稲妻や影をあまねく巻き戻し

咬合の悪き一族星月夜

ふかとナン裂きてあらはる真葛原

寒禽のとほき光点窓に頬

生き延びるため森を描く冬の画布

Ⅲ　夢を剝がす

立冬や玻璃はあつめて伏せられて
をさなごの白目の青く冬に入る

逃げてきてまたあやとりの果ての川

あやとりをめぐれば晴れて昔の字

探梅や水面は雲をゆるく溶き

蠟梅のほころび下まつげが長い

ブラウスのボタンうすくて蓬摘む

逢ふことの心を掠る蓬かな

絵踏見るどの額にも魚影かな

絵踏して黒目のぎうと縮みたる

みなひらく春暮の貝も雛の眼も

雛の間のくらさ男雛の縺れたる

季は熱を綴ぢては丘のサイネリア

集合体恐怖症《トライポフォビア》ならばサイネリアを賭けよ

白鳥が帰るシニョンをほどくとき

鶴帰る世界より夢剝がしつつ

涼しさや鏡は湖を含みをり
波音を聞かせて織られ羅は

逢はば殺さむ白玉を嚙んでゐる
白玉や生前のこと忘れさう

Ⅳ

コルセット

初雪のほろびやすくて絵は無題

あやとりの糸の一本金糸なる
水に触れみな白鳥となる遺伝

寒晴を来て落胤のやうな顔

絵の中をひしりと寒鯉のとほる

凍天を雲濁しゆく破水かな

枯園へ鉄打つてきし体来る

寒禽や一番遠くだけが晴れ

貝ほどにかるき手のひら冬陽炎

針幾本失くして遠火事の匂ひ

冬鶯鏡をぬけてつぎの部屋

玻璃のうちそと春の濃度のちがふ
会へなくてうすまる啓蟄のスープ

多喜二忌のきゆつと三角坐りかな

雛の日の水琴窟の鳴りやまず

ひと日ごと衣のかるく桜貝
メレンゲの雲あはあはと花の世へ

散瞳の底まで届く紫木蓮

濃く影は五月の玻璃をつらぬける

芍薬のぱふと弾けて祈祷室

背を裂いて夏に生まれるワンピース

銀に泡纏ひ青梅沈める

短夜の圧かけて噛むナタ・デ・ココ

業平忌ゆるやかに削ぐ花の脈

眼にひとを棲ませて夏至の窓辺かな

籐椅子を垂るる手足へ血のおもさ

香水や脳は鼻腔に隣りあふ

藻の花や夜は仮縫をいつせいに

息づかひ見られてをりぬ花茗荷

水羊羹のなかに棲みたる遠さかな

蛍袋かぶせ記憶のきれぎれに

銀箔で描かれる花や夕立晴

風死して生者ゆるりと中之島

ゆふぐれを壺のかたちで白鷺は
石に菊あらはれてきしものごころ

月の暈夢に記憶の組み替はり

胎内のゆめ屈葬のゆめ蘆火守る

抑圧のざらりと梨に刃かな

袖口に月の没した痕かすか

膜かけて人と会ふ日や秋の澄む

白菊の家族であれば隠さねば

胡桃触るなじむほどふたしかな手

秋晴の果実に映り姉と姉

脱ぎきつてまぶしい素顔草の花

雨はすすきへ一線を引くときの意思

もういくつ寒卵より出でて舟

押し花のさいごの呼吸しぐれゆく

いつせいに魚影の流る冬障子

遠き夜の父を弑する窓の雪

雪のあと螺旋階段やはらかし

コルセットの痕ほの赤し冬の芹

はね橋の弧の外《と》を冬の鷗かな

V 奇書

鋭角に櫂や春水ひらきゆく

春潮や日のあたためる雲のうら

奇書終へて眼のあたらしきクロッカス

吹かれをり蓬の先はいつしか火

ふりむけばみな狐面一の午

まばたきのたびに異なる海市立つ

島影をこそやはらかに春驟雨

早蕨の私語するやうに伸びにけり

蛇の子の置かれて疑問符のかたち

腑のひとつ欠けて浮きさうな春の暮

窓は目を隔て藤波枯れつくす

夕東風のなかに喪ふ切符かな

陽炎や老人になる息子たち

刃を入れてスイートピーの泳ぎ出す

雨蛙からだすみずみまで膜で
乾きゆく傷よりすずらんの兆し

夏の扉ひらき少女の列を吸ふ

噛むときの舌のありかや桜桃忌

生贄を立てる熱狂パイナップル

骨導で聴く音楽や羽蟻の夜

玉葱を剝いてこの世の外へ出る

鴨涼し雨後のみづうみの水位

いうれいに遣るレーズンの二つ三つ

ひと夏を住みて切り絵のやうな街

卵殻の酸に溶けゆく休暇明

冬瓜のふつふつと怒られてをる

朝顔の色うすく海はるかなり

彫るやうに物書くことも雨月かな

金木犀ふるふる磔刑のかたち
ほほゑんでをらねばくるし草の花

天高くして隙あらばバーベキュー

銀漢や飴舐めたれば舌に傷

うはごとに混じる事実や小六月

フラスコの罅長くして冬の雷

兎狩してまばたきは小さき死

身の裡に寒鯉のゐて重たしよ

通訳の口の端を落ち狐火が

ほんたうのこと云ひたがる葛湯かな

狼を百ほど飼つてひとりきり

パズル解けし人より炬燵出てゆきぬ

軽口を叩ける上司実南天

雪吊の無理なかたちやウヰスキー

ぶつかつてはじけさうなるラガーかな

さらばきさらぎサロメに捧ぐ青き皿

蜜蜂のうちのしたしきものも来ぬ

春塵やほそくひらいて木乃伊の目

声はかたちへ雲雀野ゆきの発車する

渦潮によくまはるまぼろしの舟

かのひとに友の多くて芝を焼く
淡く手をふる朝霞ほどかぬやう

春雨の粒も輪廻の半ばなる
木片か鳥の骸か菫のなか

ネーブルや刃を流水に傾けて

問ひ詰められてパンジーが溢れさう

ヒヤシンス丸きものみな愛されて
目に文字のとほる時間や鳥雲に

春闌けて深く臓器にかける糸

ゆふぐれの藤棚に鬼殖えてゆく

著者沓として本厚き穀雨かな

Ⅵ　書けば遺る

パラフィン紙はりと裂けたる立夏かな

飛行船過ぎて眼を涼しうす

男子校に秘密いくつか薄暑光

紫陽花の首ふたつ置き境界線

万緑といふかすかなる敵意かな

濃紫陽花ふたりの母の暮らす家

実直にして悪人や鉄線花

父の日の家荒れ果てて星の棲む

魚の尾に風の立ちたる花藻かな

書きさしの流水算へ散る松葉

黒き岩より黒鷺の剝がれ発つ

平面をつまんで振れば浴衣かな

素袷や風にしたしく都の子

夏シャツでクッションぎゅつとして笑ふ

ルビすべて震へはじめるみどりの夜

踏みかかる足裏を奔り青蜥蜴

一面のひまはりに背かれてをる

蛾はらはら昏きかたちとして発ちぬ

くさかげろふ注射刺されるとき見ない

秘密告ぐるほかなき蚊帳の狭さかな

きつと観ない映画のはなし夜澄みぬ
ともだちを抱くこともある夏の果て

のうぜんの溢れて終はる変声期

落飾の夢より醒めて日雷

白紙のごと鳥の降りくる野分前
もどれなくなるあさがほのちぎりかた

野分晴なつめの螺鈿こぼれさう

梨に海見せにゆくなり籠に閉ぢて

月の雨ベンツぷるんと人を待ち

ラフランス淋しきときは歯を磨く

輪郭をほどき花野に帰りゆく

あまる陽に菊ゆるびゆきその隙間

赤子にも敬語のひとの松手入

素粒子のさらさら欠けて冬菫

いつか光るよ抽斗に枯れ菊しまふ

あかるさや冬の音楽室の椅子

塗り替へる塗り絵の空や雪籠

夕霰ひとの血のまた濃くなりぬ

念ずれば肉の醒めゆく霧氷林

ぬばたまの夜の錘として鯨

籠められてみたし鯨の心臓に
睡る間は冬の泉にもどりけり

台詞ぜんぶぜんぶ忘れて雪に立つ

きさらぎやひらりとさらすオブラート

言ひさしの夢の中まで春の野で

蕗の薹たれともしらず皇の墓

うつし世のあかるさばかり紙雛

文体はほろほろくづれ夜へ柳

筆跡や√《ルート》はづして逃ぐる∞《てふ》

ころされて舞台降りれば花の渦

野遊びの最後までその名を知らず

白藤の雨とほさざる花の密

薬指よりライラック滴りぬ

蝶の吸ふ末期の水に雲うごく

妖精の嘔吐や桜蕊ふりぬ（#金原まさ子resp）

逃水にいくつこの世の吸はれしか

書けば遺るこの瞳孔をねぢあやめ

平面と立体　畢

あとがき

本当は全部、すみずみまで鮮やかに覚えていたいし、何も残らなくなるまで忘れてしまいたいのです。俳句をつくるときはいつもどこかでそう思っています。

句集を編むにあたり、ずっとＺＯＯＭで相談に乗ってくださった岡田一実さん、本当にありがとうございました。また、箱森裕美さん、松本てふこさん、西川火尖さん、楠本奇蹄さんのさまざまな助けがあって、この句集ができました。装幀を作ってくれた紙屋さん、ずっと一緒に走ってくれてありがとうございます。そして句集作りを助けてくださった「文學の森」の編集部の方々、どうもありがとうございました。

この句集の大半はアメリカにいるときに編みました。アメリカでの二年間はいろんな方に助けられて、自由で楽しい日々でした。一緒に過ごしてくれた家族、日本にいて遠隔で句集を読ませてくれた家族、俳句の友人たち、ジャクソンビルの友人たちにも感謝します。

二〇二三年七月
フロリダ・ジャクソンビルにて

佐々木　紺

著者略歴

佐々木 紺（ささき・こん）

1984年生まれ。2015年〜17年、BL俳句誌「庫内灯」vol.1-3 編集部。21年より「豆の木」に参加。22年第13回北斗賞受賞。

メールアドレス：sasaki.kon@gmail.com

句集

平面《へいめん》と立体《りったい》

発　行　令和六年一月二十二日
著　者　佐々木　紺
発行者　姜　琪　東
発行所　株式会社　文學の森
〒一六九-〇〇七五
東京都新宿区高田馬場二-一-二　田島ビル八階
tel 03-5292-9188　fax 03-5292-9199
e-mail mori@bungak.com
ホームページ http://www.bungak.com
印刷・製本　有限会社青雲印刷

ISBN978-4-86737-192-3　C0092